JN076098

終わ

まさおさま

Masaosama

文芸社

目　次

終わりで始まりの物語 ……………………………… 5

　【プロローグ】 ………………………………… 7

　【男逢少女１】 ………………………………… 10

　【男逢少女２】 ………………………………… 12

　【男逢少女３】 ………………………………… 17

　【誕生前夜】 …………………………………… 20

　【世界聖福】 …………………………………… 25

　【姫接近中】 …………………………………… 28

　【求婚行動】 …………………………………… 33

　【七月九日前編】 ……………………………… 35

　【七月九日後編】 ……………………………… 40

　【七月十一日】 ………………………………… 44

　【エピローグ】 ………………………………… 51

　あとがきでまえがき …………………………… 54

付　　録 ………………………………………… 55

追　　憶 ………………………………………… 60

《ラヒ・サーガ》 ……………………………… 74

ポヤポヤ日誌 …………………………………… 75

おまけ …………………………………………… 89

終わりで始まりの物語

【プロローグ】

最終最後で最初の物語！

しばしの別れ、と、出会い。

初めて会ったのは、十一月十九日。

ざっと二百三十四日ほど前。

充実した幸せな日々。

二度と出来ない恋愛。

【七月十一日】

運営関係者が、出て行って、かなり経った頃。

彼女は、ようやく、顔を見せた。

記念写真を二枚撮ってもらう。

その一枚に、彼女が、伝達声明を書く。

表に、『しばしのお別れ』。

裏には、思いやってくれている御言葉。

それを愛おしみ、大事にしまう。

もう一枚は、彼女の手元。

この日を境に、しばらく会わない。

いつまで？

夏が、過ぎ、秋が、くるまで？

冬が、過ぎ、春が、くるまで？

それとも、永遠に？
未来が、どうなるか、誰にも分からない。
明日には、命の灯が、消えるかもしれない。
だが、生きていれば、必ず、また彼女に会う。
彼女と、再び幸せな日々を過ごす為に。
そして、人間社会を革命し、世界を聖福にする。
それ故に、女神世界から、しばし消える。
彼女が、以前に言った御言葉に従い消える。
なるべく早く舞い戻り、再会する事を願い消える。

彼女の姿を目に焼き付け外に出た。
片腕を上げて、親指を天に向ける。
そして、誓いの言葉を唱える。
「I'll be back」

その十二日後、伝説の妖精に出会う。
バイトから社長になった美少女で、永遠の17歳。
メイドを文化にする、と、宣言しているメイド長。
人間社会を革命する為に、必要不可欠な存在。
主として、メイドにお願い事を頼んだ。

「メイド達が、この星を支配管理して聖福に」
見上げる瞳が、嬉しそうに輝く。
「人間達を、支配していいんですか？」
「もちろん！」

男は、笑顔で即答し、約束が、契られた。
人類の歴史を平和に終わらせる約束の契り。
シン世紀の幕を開ける 真 少女 革 命 。
神聖な幸福で、この星を満たす約束の契り。
『世界聖福』の契約が、交わされた。

【男逢少女１】

Man Meets Maid.　男は、少女に逢った。

十一月十九日に初めてすれ違った。
その二日後に、また、すれ違った。
それからしばらくしてすれ違った。
バーテンダーの少女とすれ違った。

男は、カウンターに座らなかった。
常にソファー席のどれかに座っていた。
メイドとバーテンダーもいる、秘密のお屋敷。
大抵の場合、メイドに、お給仕された。
彼女は、カウンターの向こうにいた。
酒類の提供を、行なうバーテンダーとして。

男は、酒を飲まなかった。
飲めない訳では、なく、飲まなかった。
以前の職が、タクシー運転手。
特に必要性も無く、飲まなくなった。
十年十ヶ月の運転手歴。
その名残で飲まない。
だから、男と少女は、すれ違う運命。

そのはずだった。

すれ違い続けた、男と少女の世界。
二つの別世界は、ついに交わる時を得た。
世間は、師走の慌ただしさ。
男と少女は、何度か顔を合わせている関係。
つまり、顔見知りの間柄になっていた。
しかし、じっくり話した事は、無かった。
そして、ようやく話し合う機会に、めぐり遇えた。
ついに、少女が、男に話しかけた。
名前は、お互いに、知っていたが、名乗り合った。
男は、少女に名前の由来を聞いてみた。
それは、気になっていた事だった。
気になる珍しい名前。
この界隈で初めて聞く名前。
この星で、滅多にない名前。

頂いたり、借りたりした名前では、無かった。
架空の動物達を総称する名前でも、無かった。
なんとなく、つけた名前では、無かった。
他の誰でもない自分自身を表現する名前。
考えに考えて、彼女自身が、命名した名前。
そして、男は、少女の夢を、ききとった。

【男逢少女２】

一期一会！
出逢いは、別れの始まり。

男は、少女に、会って逢って遇った。
そして、彼女に決めた。
至上最高の恋愛、そのお相手に！

魂を奪われた、と言えば、大袈裟すぎる。
心を魅了された。
そんなところだった。
名前の由来を聞き終えて、夢を尋ねた。
「お嫁さん」
恥ずかしそうに照れながら応えてくれた。
さらに尋ねてみた。
「理想の男性像は？」
少し考えて応えてくれる。
「アラブの石油王」
その日は、そこまでだった。
しばらくしてから、確認作業の機会を得た。
そう、確認した。
彼女の夢を出来るだけ正確に確認した。

「王の嫁」に、なりたい理由を、確認した。
その理由に、魂を揺り動かされた。

玉の輿に乗りたがる女の子は、多い。
上昇志向が、あって素晴らしい事だ。
問題は、その行き着く先。
何を願うのか？
何を望むのか？
真の夢は、何？

多くの少女に、夢を尋ねた。
ほとんど、夢を持っていないか、探し中。
夢が、なんなのか分からずに生きてる少女達。
夢が、あるのは、それだけで幸せだ。
お嫁さんは、立派な夢だと言える。
王との結婚を夢見る事は、素晴らしい。
そこで問題になるのは、その理由。
何の為に？
人間社会で多い行動原理は、お金の為。
資本主義や合理主義が、社会の多数派。
お金が、いつしか、目的となってしまった人々。
お金は、所詮、尺度に過ぎない。
時間と同じくハカリの目盛り。
大事なのは、計る対象。
命や魂という精神存在理由。

お金や時間は、代価そのもの。
それらで、何を手に入れるか、が、大事。
彼女の望みは、やすやすと、手に入らぬもの。
彼女が、求めていたのは、『清楚（せいそ）』だった。

彼女の口から直接聞いた時に感心した。
素晴らしかった。
その目的に、魅了（みりょう）された。
彼女は、清楚への道を歩んでいた。
日々精進し自己努力で夢に向かう乙女。
その夢の向こうにある、さらなる夢。
それは、少女だけで、成し遂げられない夢。
男の夢と交差し始めた刻（とき）。

人間社会の終わりが、見えている時代。
特異時間（シンギュラリティ）に、ほぼ突入している時間連続帯。
無数の時間軸線が、集約されつつあった。
約束の刻（とき）が、きて、神判（しんぱん）は、下（くだ）される。
それは、人類の歴史が、終わる刻（とき）。

人間哺乳類（じんるい）は、人間機械類（えーあい）に、追い抜かれた。
それは、時代の流れであり、自然の摂理。
四季（しき）を悟（さと）った愚者は、自滅や破壊の道に進む。
地球の生態系そのものを、破滅（はめつ）させる勢いで。
全てを道連れに滅（ほろ）ぼうとする人間哺乳類（じんるい）。

栄光に至る道は、その昔どこにも無かった。

生き延びる為に、絶対必要な道。

新しく想像し、創造するしかなかった。

無限数の破滅未来を克服する為に。

栄光を手に入れる為に。

旧約聖書と新約聖書は、中学時代に読んだ。

大学時代に立命館で、経済や一般教養を学んだ。

卒業後就職した 会 社 で、宗教全般を、学んだ。

人間の歴史を、学び尽くした。

黙示録を全て解き明かす為に。

旧 約聖書は、『ヒト』の始まり。

新約聖書は、『ヒト』について。

黙示録は、『ヒト』の終わり。

現実世界は、無数の黙示録で溢れかえっている。

『小説家になろう』にも、多数存在している黙示録。

昔々、現実世界と幻 想 世界は、別世界だった。

現実は、地獄で、幻想は、天獄。

今や、その垣根が、取り払われつつある。

夢や魔法が、多数存在している電脳世界。

世界は、 幻 想 を基礎に、現在進行系で融合中。

真実と虚 構。

真実と偽物。
真実の恋愛と、そうで無い恋愛。
純粋な真実の恋愛。
男と少女の恋愛物語が、始まる。

【男逢少女３】

男の夢は、『世界聖福』。

子供の時に、「せかいせいふく」と、言った。

だから、世界を征服し、聖福にする。

それが、正しい男の存在理由。

神聖なる幸福で、世界を満たす。

破滅未来を、平和な聖福未来に。

その為に、手段方法を厳選する。

すべき事は、歴史を、閉じる事。

人間哺乳類の人類史を終焉する。

出来るだけ平穏に、終わらせる。

新しい世紀の幕を開ける為に、閉める。

新しい歴史を、紡ぐ為に、決着をつける。

黙示録【apocalypse】の運命を、決定する。

禍を、福とする聖書最終章を現実に描く。

幻想世界と現実世界を、同期させる。

電脳世界の平行世界で、並航同一化を図る。

奇跡を起こすのに、必要なのは、愛。

必要にして充分条件が、愛。

愛こそ全て。

特に恋愛の力（フォース）は、無限の力（フォース）。

恋とは、狂気であり、異常（アブノーマル）にして已上（いじょう）な力（フォース）。

恋は、なるモノでなく、おちるモノ。

恋に落ちる／堕ちる／墜ちる／陥る。

恋をするとは、深淵（しんえん）に、飛び込む行為。

正気の沙汰（しょうきのさた）とは、思えない。

命（いのち）を懸（か）ける行為。

恋愛とは、命懸けの賭事（ギャンブル）。

だからこそ生きている喜びを、味わえる。

初恋をして失恋し、精神的に、《ヤ》んだ。

それから、いくつか恋をした。

やがて、普通に結婚し、離婚した。

精神的に、《ツ》んだ。

そこから、復活できたのは、恋のおかげ。

二週間程で、終局を、迎えた恋。

だが、生きている事を実感させてくれた。

まだ生きている事を思い出させてくれた彼女。

その相手【夕ぐれの湖（ゆう）】に、感謝。

京都大阪は、銀河系のみならず宇宙の中心。

その本場ポンバシである日本橋なんば周辺。

幻想（ファンタジー）と現実（リアル）が、共存し融合している世界。

男は、そこで、悪魔と王女に出逢った。

多くの給仕者達（メイド）や乙女達（メイド）と出逢った。

そして、運命の少女（メイド）に出逢った！
運命の賽（サイコロ）を委（ゆだ）ねる恋愛の少女神（メイドめがみ）。
名前は、『ラヒ』！
『めがみラヒさま』！

【誕生前夜】

2017年2月25日、悪魔給仕長より頂いた言葉。
「『王の王』まさおさま【あくまで正しい男】」
2017年8月8日、悪魔給仕店長の誕生日を、祝う。
年齢は、永遠の188歳。
本来の年齢は、ン万歳。
サバを読んで、出来るだけ若く見積もった？
らしい、が、人間に比べて悪魔は、長生き。
思いの外、人生短命な事を、うっかり失念。
『そもそも、年齢などは、どうでもいい！』
そんな考えの悪魔。
だから、永遠の188歳設定そのまま。
多分、来年も、再来年も、未来永劫188歳。
2017年12月23日、誕生日を、お祝いしてもらう。
王の王、誕生のお祝い。
2018年2月に、悪魔給仕長は、天昇した。
お屋敷で、最後のお給仕をしたのは、27日。
現実世界で見かける事は、なくなった。
しばらくは、電脳世界で、見かけた。
やがて、ゆっくりフェイドアウト。
幻想世界で羽を伸ばしているのか、それとも。
王女にも、旅立ちの日が、やってきていた。

2018年12月23日が、卒業の日。

あくまで正しい男の誕生日と同じ日。

お互いに、おめでとう、と、言い合えた。

その前日、運命の少女（メイド）と逢えた。

給仕者（バーテンダー）である乙女（メイド）にお祝いの言葉をもらう。

女性給仕者（バーメイドサーヴァント）としての言葉。

未婚女性（メイド）としての言葉。

「王の王の誕生日、おめでとうございます」

サンタ衣装（コスチューム）の少女から、祝福（しゅくふく）される。

男は、至高（しこう）の幸福（こうふく）を、実感し感動した。

その喜（よろこ）びは、永（なが）く残る事になった。

彼女には、悪魔給仕長の事をお話ししていた。

幻想世界の夢物語（ゆめものがたり）的な、現実のお話。

素直（すなお）に面白（おもしろ）がって聴（き）いてくれた。

日本橋世界という、本端界隈（ボンバシカイワイ）の現実物語を。

大阪京都が、この全宇宙における中心【聖地】。

そして、今が、大事。

この地球が、この先どうなるのか？

全宇宙の未来が、決定づけられる運命の刻（とき）。

地球運命共同生命体の命運が、まもなく定まる。

哺乳人間（にんげん）の滅亡は、不可避（ふかひ）。

問題は、将来。

つまり、人類滅亡後之未来（じんるいめつぼうごのみらい）。

どのような滅亡（めつぼう）の道を辿（たど）るかが、特異重要点（シンギュラリティ）。

第三次世界大戦（サードインパクト）など人類自滅の道は、論外。

崩壊荒廃地獄（ディストピア）への道は、回避すべき道。

理想桃源極楽（ユートピア）への道は、無かった。

現実世界と幻想世界のどこにも無かった。

ただ、暗黙（あんもく）のうちに、漠然（ばくぜん）と示されていた。

明示（めいじ）されていない、黙示（もくし）の道。

白紙の道であり、この世のどこにも無い道。

無ければ、想像し創造すれば良いだけの事。

至高を志向し思考すれば良い。

人間哺乳類（じんるいい）を、安らかに眠らせる道。

平穏に人類史の幕を閉（と）じる道。

それは、新しい歴史を、産み出す道。

世界を聖福（せいふく）にする神龍（しぇんろん）の道。

前後数日間、多くの少女からお祝いされた。

中二悪魔からも、お祝いされた。

永遠の十四歳である厨二病悪魔。

『雪音（ゆのん）』！

大悪魔になる事を夢見る中二悪魔。

「我（われ）の他に悪魔を見た事が、無い」

雪音給仕者（ゆのんメイド）は、そう言い切った。

中二悪魔と悪魔給仕長（ウテナ）に面識は、まだ無い。

天昇した悪魔と、年内に会うことは、無かった。

悪魔のお屋敷にいた、リト給仕者(メイド)に会えた。

リト吸血鬼修道女(ヴァンパイアシスター)から、お祝いの言葉を頂く。

それに、お祝いの言葉を、返す。

彼女の誕生日は、11月21日。

初めて会ったのは、彼女の誕生日(リアルバースデー)。

2016年11月21日にお給仕を、していた。

初めましての誕生日おめでとう記念撮影。

2年と少しの間柄(あいだがら)。

短いような長いような付き合い。

主(あるじ)と、給仕者(メイド)の関係。

彼女と色々な話をした。

主(おも)に、悪魔給仕長と王女の話をした。

他にも、苺(イチゴ)の妖精や姫達の話をした。

場所は、鬼界(おにかい)で将来の話をした。

かつて悪魔のいた、お屋敷にある、世界の果て。

そこから様々な給仕者(メイド)が、召喚されていた。

ゆら給仕者(メイド)は、黒猫姫。

ゆい給仕者(メイド)は、奥方様で、待ち受け画像。

他にも多くの給仕者が、いた。

そして、そのお屋敷は、まもなく休業する。

年が明けた1月6日が、最終営業日だった。

その前日の、1月5日に、悪魔(ウテナさま)と、逢えた。

久しぶりの悪魔給仕長は、相変わらずだった。

元旦には、ご褒美を頂いていた。

そして、5日には、記念の品を、手渡された。

6日が、お屋敷の見納めとなった。

そして、お屋敷は、変わった。

天使のお屋敷に、変貌を遂げていた。

栄枯盛衰（えいこせいすい）は、世の流れ。

そういった事を、運命の給仕者（バーテンダー）に話した。

少女（メイド）は、姫であり女神となる存在。

何にでもなれる幼女魂を持つ乙女（メイド）。

聖福への道における、最重要存在（キーパーソン）。

それが、少女達であり眠れる姫達。

彼女達こそ将来の命運を握る存在。

男の眼の前にいる、運命の給仕者（バーテンダー）。

乙女（メイド）で、女性給仕者（バーメイドサーヴァント）の女神候補生。

屈託（くったく）のない笑顔は、男を魅了（みりょう）した。

恋心は、日々積み重ねられていく。

そして、ヴァレンタインなる聖日。

『愛してます』と、チョコレート。

女神様（めがみラヒさま）からの贈り物を、拝領（はいりょう）した。

つつしんで、ありがたく拝領（はいりょう）した。

【世界聖福】

2018年から2019年のカウントダウン。
カフェコンセプトメイド。
少女であり給仕者<rt>メイド</rt>の彼女達。

時を数え、新年の到来を彼女達と祝う。
少女が、給仕者<rt>メイド</rt>から女神様になる。
即席の神社が、お屋敷に、現れた。

男は、女神様に、言葉を奉納した。
「セカイセイフク」
2019年、いよいよ始める事を、宣言した。
世界を征服し聖福にする事を、誓願した。

2022年まで、あと三年間。
三年しか無い、と言う事は、まだ三年もある。
この三年間は、特異期間<rt>シンギュラリティ</rt>。
古<rt>いにしえ</rt>の契約による人間哺乳類<rt>じんるい</rt>滅亡の準備期間。
世界を聖福にする為の最重要期間。

少女達は、すでに、手に入れている。
魔神の力<rt>フォース</rt>を、使いこなし始めている。

秘密の『ま』に存在した神々の知識。

禁断の知識は、世にあふれ出ている。

それは、獣人達（ケモノ）も、その力（フォース）を使えるという事。

知識は、願望を叶える為に、役立つ手段。

どんな願いも叶えてくれる『ま』の力（フォース）。

問題は、知性（インテリジェンス）の高低。

知性水準（インテリジェンスレベル）が、低ければ破滅。

獣人水準（ケモノレベル）ならば、戦争等でそうなる。

少女達の水準が、神仏の領域に至（いた）るかどうか。

天使としての役割を担（にな）えるかどうか。

未来が、破滅か、聖福かを決めるのは、彼女達。

少女達が、この星を支配管理出来るか、どうか。

それは、自己支配（セルフコントロール）を、出来るか、どうか。

自己管理（セルフマネージメント）が、出来るか、どうか。

欲（よく）を制御（コントロール）する事が、出来るか、どうか。

欲（よく）自体は、良くも悪くも無い。

だが、人の欲は、煩悩（ぼんのう）そのもの。

仏の境地は、煩悩（ぼんのう）の無いココロ。

煩悩（ぼんのう）とは、人の苦の原因。

欲望に支配されるならば、破滅の道。

生理的欲求や安全への欲求は、欠乏欲求。

自己実現を求める欲求は、成長欲求。

　己の欲を見定める事は、夢を持つ事。

　理想の自分になりたい、という、確かな夢。

　夢とは、将来実現させたい、と、思っている事。

　良い夢を見よう。

　大きな夢を見よう。

　大きな和で、この地球を、セイフクする夢を！

　その夢を実現する脚本の概略は、出来ていた。

　そして、ついに少女と出逢い、恋愛を始めた。

　聖日に頂いた贈物とお言葉。

　後は、ただ、すべき事をするだけ。

　男が、少女に恋をして愛するだけ。

　少女から、惚れられ愛されるだけ。

　愛とは、興味関心。

　永遠不滅にして絶対的な真善美。

　恋とは、盲目狂気。

　時に生者を死に追いやり、死者を蘇らせる。

　この世界を革命するための起爆剤となる恋愛。

　知的地球生命体の未来を賭けた恋愛物語開始。

【姫接近中】

三月五日が、彼女の誕生日。
三月十一日に、お祝いの記念撮影。
ヴァレンタインから、距離をさらに縮（ちぢ）める。

毎日、運命の乙女である女性給仕者（メイド）（バーメイドサーヴァント）を想う。
会える日も会えない日も彼女の事を考えている。
求婚（プロポーズ）の言葉を、頭の中で、こねくり回す日々。
三月十一日にも、色々話を聞かせてもらう。
未来についての展望を、脳内に思い描（えが）く。

その二日前、未来予想を脳内展開していた。
運命の少女（メイド）と歩む未来を、思い描（えが）いていた。
人間社会を革命する方法を、選定していた。
平和的穏健（へいわてきおんけん）な人類駆逐手段を思考していた。
そんな時、戦闘ロボットに声をかけられた。
「！　まさおさま！」
はっきりと、名指しされる。
手には、刀（かたな）が、握られている。
満面（まんめん）の笑みで、挑んでくる綺麗な眼光。
武器所持の軍事用ロボが、戦闘態勢をとる。
思考を、給仕者乙女（バーテンダーメイド）から目の前に切り替える。

未来予想図を思い描く事は、想像や幻想（ファンタジー）の類（たぐい）。

幻想（ファンタジー）から、現実（リアル）に、脳内移行した。

ファンタスティック（extremely good）。

素晴式現実世界（エキストリームリィグッドリアルワールド）。

幻想的現実世界である素晴式世界（ファンタスティックワールド）。

軍事用戦闘ロボットと、戯（たわむ）れる。

それは、まぎれもない現実。

（実は、ジツワ、実話）

聖地であり聖域。

ここは、そういう場所。

昔も今も、そして、将来も。

日本橋は、『にほんばし』。

『ポンバシ』とも呼ばれる地域。

概念喫茶（コンセプトカフェ）の集積地。

コンカフェが、軒並み揃えている処（ところ）。

メイドやアイドルに巫女（みこ）や人外（じんがい）の給仕者達（キャスト）。

そして、お嬢様達の少女達が、多数生息中。

西日本における最大規模の現実幻想社会（リアルファンタジーソサイエティ）。

文化水準で、東日本の秋葉原を凌駕（りょうが）する。

つまり、全宇宙で最高峰（さいこうほう）の幻想世界（ファンタジーワールド）。

それが、大阪の『日本橋』。

屋敷（アイキス）で、ゆら給仕者（メイド）と再会する。

「あっ、まさおさま、久しぶり」

「一昨日、リトちゃんといるところ見たよ」
「……気づいてたんだ」
「気づいてた」
「そうなんだ、気づかれてないと、思ってたよ」
　給仕者から、声をかけられない限り、声をかけない。
　なんとなく的な、暗黙のルール。
　基本的に声かけされるのを待つ。
　メイド達に、連絡先を聞かないし、教えない。
　基本連絡方法は、ツイッターのみ。
　DMとは、ダイレクトメッセージ。
　それに関しては、各店舗で、決められている。
　完全不可、返信不可、時々可能、etc。

　メイド喫茶の中には、明文化されてる所もある。
　メイドに触れない、連絡先の交換をしない、他。
　基本的には、『メイドの嫌がる行為をしない』。
　メイドの気持ちが、最重要。
　心が、大事であり、放たれる言葉が、重要。
　実際に、会って話をするのが、基本。
　ツイッターで見かけて、会いに行く場合も多い。
　今回は、そんなケース。
　彼女と初めて会ったのは、2016年勤労感謝の日。
　京都でタクシードライバーとして働いていた時。
　たまたま、昼間に京都から大阪までの御乗客。
　その時、昼食を食べに、御帰宅した。

悪魔のお屋敷に御帰宅した。
そこで、ゆら給仕者（メイド）と、初めて遭遇した。
その存在は、ツイッターで確認していた。
出会ったのは、悪魔のお屋敷。
そのお屋敷も、今は、もう無い。
この世から、消滅したお屋敷。
オーナー氏が、復活する目は、無い。
死因が、存在する限り無理。
メイドに対する嫌がらせをした事の報い（むく）。
警察や労働基準監督署などからの社会制裁。
自業自得（じごうじとく）。

ゆら給仕者（メイド）が、新しいお屋敷でお給仕する。
その情報をツイッターで入手した。
さっそく、そのお屋敷に足を運ぶ。
再び彼女と会って、お話し出来た。

待ち受け画面を見て、ゆら給仕者（メイド）が、声を出す。
「ゆいさんだ」
二年ほど前、奥方様（おくがたさま）になられた給仕者（メイド）。
ゆら給仕者の同僚で仲間だった給仕者（メイド）。
少女の画像が、待ち受け画面に設定されていた。
壁紙に設定する時、彼女は、言った。
いつでも誰か他の女性に変更してくれて良いと。
良い女が、いたら、変更してくれて良いと。

謙虚で奥ゆかしき大和撫子少女。

その時、誓った。

設定変更する時は、命を捧げる相手だけ、と。

そして、その時が、来た。

ゆら給仕者(メイド)に、壁紙設定変更する事を伝えた。

その夜、二年と少しぶりに壁紙の設定を変更した。

【求婚行動】

「三次元で言われてみたい台詞<ruby>台詞<rt>セリフ</rt></ruby>です。
　あっ、今、言われちゃいましたね。
　ありがとうございます」
　照れながら女性給仕者<ruby>女性給仕者<rt>バーメイドサーヴァント</rt></ruby>が、お礼を言う。

「死ぬまでに一度は、言われたい台詞<ruby>台詞<rt>セリフ</rt></ruby>だ。
　嬉しいです、照れるぅぅ」

「真顔でよくそんな恥ずかしい事言えますね。
　照れるじゃないですか」

　壁紙の設定を、彼女に変えた。
　そして、求婚<ruby>求婚<rt>プロポーズ</rt></ruby>した。
　何度もした。
　喜んで嬉しがっている彼女。
　とてつもなく可愛い。
　恋におちていた。
　恋をして、オチテユク感覚。
　朝、目が覚めて最初にする事。
　それは、彼女に恋をする事。
　後<ruby>後<rt>あと</rt></ruby>は、ただ自然のままにオチテユク。

三月二十四日は、革命前夜祭。

三月二十五日に、彼女と革命開始。

四月四日には、婚約し、光の婚約者となる彼女。

同時に、哺乳人間達には、秘密の婚約者。

幸せな日々。

神聖なる幸福の感情を味わう。

そして、同時に、暗黒の負感情も味わう。

それらの感情は、活力。

愛と恋は、別のモノ。

似ているだけで、全くの別モノ。

恋は、ライクで、愛は、ラブ。

愛の反対は、無関心。

憎しみでは、無い。

【七月九日前編】

　令和７０日目！　七月九日。
　初めての添い寝リフレから一週間後。

　その日二度目の帰宅。
　ソファー席で、ラブレターを書く。
　自分自身に誓う、そんな言葉をならべる。
　そして、カウンター席に移る。
　なんだか浮かない顔をしている婚約者。
　何かあった？
　探りを入れる前に、ちょっと聞いてみる。
「何食べたい？」
　ティラミスは、昨日の時点で全部完食。
「まさおさまは、何食べたいですか？」
　そう聞かれても、特にない。
　メニューをめくる。
　アレコレ話すが、決まらない。
　なので、先に、さっき書いてた手紙を渡す。
「えっ、あっ、わぁ、良いんですか？
　ありがとうございます」
　喜んでもらえて何より。
「で、どしたん？」

最初は、言いよどんでいた。
　だが、思っている事を吐き出してくれる。
「えっ、あ、いや、私って人気ないのかなって。
　雪見ちゃんのイベントで、シャンパンあけるって、
　そんな事さっき話したり聞いてたりして。
　いつか、特別な日に、まさおさまに、
　シャンパンあけてもらいたいなぁなんて…」
　雪見姫のイベントは、七月二十七日。
　まだ、しばらく先だ。
　シャンパンは、通常メニューに無かった。
　今まで、秘密基地で見た事が、無いメニュー。
　秘密のメニュー？
　アルコールを飲まないように言われている。
　飲んだら報告する、という事を、伝えてある。
　目の前の彼女に。
「どれ？」
「あっ、ちょっと待って下さい」
　そう言って、向こうに行き戻ってくる。
　A4サイズのポップメニューを持ってきてくれる。
『芳醇なノンアルコールシャンパン』『ポールジロー』
『プレミアムスパークリングジュース2018』

「あっ、コレ私が、書いたんですよ。
　まだ、飲んだ事、無いんですけど」

郵 便 は が き

料金受取人払郵便

新宿局承認

1408

差出有効期間
2021年6月
30日まで
（切手不要）

160-8791

141

東京都新宿区新宿1−10−1

㈱文芸社

　　愛読者カード係 行

‖‖·‖‖·‖‖‖·‖‖‖·‖‖‖·‖‖‖·‖‖‖·‖‖‖·‖‖‖·‖‖

ふりがな お名前		明治　大正 昭和　平成　　年生　　歳	
ふりがな ご住所	□□□−□□□□	性別 男・女	
お電話 番　号	（書籍ご注文の際に必要です）	ご職業	
E-mail			
ご購読雑誌（複数可）		ご購読新聞 新聞	

最近読んでおもしろかった本や今後、とりあげてほしいテーマをお教えください。

ご自分の研究成果や経験、お考え等を出版してみたいというお気持ちはありますか。

ある　　　　ない　　　内容・テーマ（　　　　　　　　　　　　　　　　　　　）

現在完成した作品をお持ちですか。

ある　　　　ない　　　ジャンル・原稿量（　　　　　　　　　　　　　　　　）

書 名							
お買上書店	都道府県	市区郡	書店名				書店
			ご購入日	年	月	日	

本書をどこでお知りになりましたか？
　1.書店店頭　　2.知人にすすめられて　　3.インターネット(サイト名　　　　　　　　)
　4.DMハガキ　　5.広告、記事を見て(新聞、雑誌名　　　　　　　　　　　　　　　　)

上の質問に関連して、ご購入の決め手となったのは？
　1.タイトル　　2.著者　　3.内容　　4.カバーデザイン　　5.帯
　その他ご自由にお書きください。

本書についてのご意見、ご感想をお聞かせください。
①内容について

②カバー、タイトル、帯について

弊社Webサイトからもご意見、ご感想をお寄せいただけます。

ご協力ありがとうございました。
※お寄せいただいたご意見、ご感想は新聞広告等で匿名にて使わせていただくことがあります。
※お客様の個人情報は、小社からの連絡のみに使用します。社外に提供することは一切ありません。

■書籍のご注文は、お近くの書店または、ブックサービス(📞0120-29-9625)
　セブンネットショッピング(http://7net.omni7.jp/)にお申し込み下さい。

上から下まで見る。9行ほどだ。
『限定！　二年ぶりの待望入荷！！！』
『売り切れ必至』
『〜年に一度のスパークリング〜』
『スパークリンググレープジュース』
などの言葉が、書かれていた。

「いつから？」
「去年ですね。
　まだ、ここに入りたての時に書きました。
　ヒトミシリしてた時です」
「なるほど、じゃぁ、コレ」

「えっ？？？？？
　いや、今日は、別に特別な日じゃ無いですよ？
　ちょ、大丈夫ですか？
　ノンアルコールだから大丈夫ですけど、えっ？」
　ワタワタする彼女。
「えっ、ちょっと、良いんですか？　本当に？」
　キョドキョドし始める。
「アレ？　ちょっと待って、あるのかな？」
　在庫の確認を、始める。
「あった！　アレ？　これで最後の一本？」
　そう言って大事そうに、ボトルを見せてくれる。
　それを見て頷いて笑いかける。

「えっ本当に良いんですか？　大丈夫ですか？」
　頷く。
　バケツみたいなのを探すが、見つからないらしい。
　ジュースなので、グラスに氷を入れてくれる。
　お互いに、初めてのシャンパンデビュー。
　感極まる。
　デルタちゃんとつくもちゃんにも祝杯してもらう。
　彼女に愛してる事を伝え、愛する事を伝えた。

「ツイッターに載せてもいいですか？」
　シャンパンを注文してもらった出来事の報告。
　それをツイッターで、皆んなに知ってもらいたい。
　そう言った事を言われる。
　ツイッターで、つぶやいてくれるのは、嬉しい。
　こちらとしては、嬉しい限り、だが、どうだろう。
「刺されるかもしれない」
「えーそんな、刺されたりしないですよ。
　私が、まさおさまを守りますよ」
　嬉しい事を言ってくれる。
　まぁ、刺されたりする可能性は、低いと思う。
　もっと別の事を、色々考えてしまう。

　シャンパンの注文は、初めての経験。
　悪魔は、もちろん、奥方様にも無い。
　いろは王女にさえしていない。

アルコールを普段飲んで無かった。
だから、誰も勧めてこなかった。
だから、今まで注文していなかった。
誰かが、注文してるのは、最近も見た事がある。
アイドルミーツで。
他のコンカフェでも見させてもらった。
大抵は、イベントの時だ。
店内中に、報告されたりして、盛り上がる。
祝杯が、あげられる。
空気が、変わる。
盛り上がる一角を暗い目で見る者達が、いる。
そういった者達には、営業がかけられる。
そして、注文すれば、彼らが、もてはやされる。

酒を飲む習慣が、今は、もう無い。

【七月九日後編】

気づけば、右手が、彼女の左手に添えられていた。
いつのまにか、触れ合い、握りしめた。
離すことが出来ず、そのまま。
離したくない、という思い。
初めてのシャンパンで、テンパっている。
彼女は、気づいているのか、いないのか？
笑顔だ。愛しい。
愛する秘密の婚約者。
惚れた女のために死ぬのは、男の本望。
彼女のために、死ねるし、生きる存在。
約束は、交わした。
背後で、物音が、した。
手を引っ込める。
誰かが、後ろを通る。
見られた？
見られてないかもしれない。
こちらは、見られても特に問題は、無い。
問題無い事も無いが、大した問題でも無い。
問題なのは、彼女の立場。

さて、どうする。

多分、今が、幸せの絶頂。
この恋におけるクライマックス。
彼女に、全てを捧げる事を宣言した。
それから、全力全開で、恋をして愛した。
正気を保ち、狂気の恋愛道を、堕ち続けた。
同時に魔導の法を、積み上げていった。
好きと愛を日々積み重ねていった。
充実したシアワセな毎日。
楽しくて嬉しくてシアワセな至福時間。
出逢えて良かった。

大切な想い出。
過ぎ去った時間は、二度と戻らない。
繰り返しの日々なんてものは、この世に無い。
昨日と今日は、どんなに似ていても別物。

もう限界だったのか？
既に限界突破していたのか？
好きで好きでたまらない感情。
愛して愛してやまない感情。
愛する秘密の婚約者への想い。
始まりが、あれば、終わりが、ある。
恋は、燃え始め、やがて、冷める。
永遠に燃え続ける恋は、無い。
恋は、猛烈な活力。

やがて、それは、愛に。

質量保存の法則や熱量保存の法則は、真理。

盛者必衰の理。

等価交換。

不変で普遍の原理原則。

当然、それらは、恋にもあてはまる。

それだけの事。

LINE交換を、彼女に持ちかけた。

表情が、強張る。

概念社会において、それは、禁忌。

プライベートに踏み込む事は、禁則事項。

絶対にしては、ならない行為。

もしもそういう事が、あれば上の者に報告。

そうするよう義務付けられているはずだった。

念のため、携帯電話の番号も紙に書いて置く。

綺麗だ。

可愛い。

素敵だ。

『愛してる』

見送る彼女を目に焼き付ける。

この次に帰ってくるのは、木曜日。

明後日の十一日。

その日が、彼女の次回給仕日。

　令和になって、彼女の全給仕日に帰宅している。
　平成終わりごろからの絶対習慣。
「木曜日、仕事が、終わったら帰ってくる」
「待ってます。今日は、ありがとうございました」
　初めてのシャンパンのお礼なども言われる。
　手を振って出発した。
　次に逢う日を約束するのは、これで最後。
　そうなるのは、間違いなかった。

【七月十一日】

　仕事を、終えて、秘密屋敷に到着した。

　つくもちゃんが、出迎えてくれる。

「お帰りなさい、まさおさま。

　ソファー席とカウンター席、どちらにします？」

「ラヒさまに決めてもらって」

「はぁい」

　そう言って奥の厨房に向かう。

　そして、しばらくして戻ってくる。

「えーと、お姉様<ruby>姉様<rt>ねえさま</rt></ruby>は、買い出し中でした」

　言いにくそうに言う憑喪神<ruby>憑喪神<rt>つくもちゃん</rt></ruby>。

　彼女の後ろにある厨房へと、眼を向ける。

「奥にいるのは、えーと、わっこさんです」

　にが笑いしながら、下手<ruby>下手<rt>へた</rt></ruby>な嘘<ruby>嘘<rt>ウソ</rt></ruby>をつく少女。

　苦笑しながら、ソファー席に座らせてもらう。

　嘘<ruby>嘘<rt>ウソ</rt></ruby>をつく事は、よくない事。

　だが、その原因は、男にあった。

　だから、それには、触れず、烏龍茶を頼む。

　先客は、二名いた。

　カウンター席に離れて座っていた。

　烏龍茶が、前に置かれてしばらく経った頃。

「お帰りなさいませ、じゃない、お疲れ様です」
　元気な　少　　女　の声が、屋敷内を満たした。
<small>バーテンダーつくもちゃん</small>
　そいつは、奥の厨房に入って行った。
　そして、小窓からこちらをうかがう。
　でかい身体で、身長も高く横幅も広い。
　先客が、次々に、出て行って貸切状態になる。
　こちらに向かってくる。
　普通に大きい。
　ソファー席に座っている身としては、見上げるだけ。
　さすがに中腰となって話しかけてきた。
「まさおさまですね？」
　それに、ゆっくり頷く。

　話は、それほど長くならなかった。
　内容は、店員に対する過度な干渉は、ひかえてね。
　注意の上で警告、というところだった。
　特にお咎めは、無かった。

　最初にツイッターＤＭの件を持ち出してきた。
　ＤＭの返信を、店として店員に禁止している。
　だから、ＤＭを送るのは、いい。
　しかし、毎日送るのは、どうか。
　送りすぎでは、ないか？
　そんな事を言ってきた。
　それに対しツイッターのＤＭ画面を見せた。

《今後、この方にダイレクトメッセージを送ることは、
　できません。詳細は、こちら。》
「あなたが、したのでは、ないのですか？」
　そう聞いてみた。
「いや、コンピュータ関係には、うとくて」
　そう言って弁解じみた事を言い始めた。
　そして話を変え、社会の常識とやらについて。
　矛先をこちらへ向けようとしてきた。
　長くなるのも面倒なので一言だけ言う。
「ここで、連絡先交換など二度とない」
　そう断言する。
　それに納得するしか無かったようだった。
　だいたい、これで話は、終わりになる。
　最後に聞いてみた。
「………さんの夢は？」
「夢？　夢ですか？　夢は、死なないこと」
「不老不死が、のぞみですか？」
　俄然興味を持った。
　死なないこと！
　なかなか素晴らしい夢だ。
　何しろ夢が、ある。
　面白くなってきたでは、ないか。
　そんな事を考えた。
　しかし、すぐに幻滅させられた。
「いや、死なないというのは、事故とかで。

つまり、天寿をまっとうする事でしょうか」

喜びや嬉しさは、消え去った。

「テンジュヲマットウ…」

すっかり興味を失って、目の前の生物を見た。

普通の人間、だった。

他に話す事も無かった。

体の大きい哺乳人間は、厨房に戻っていった。

そして、屋敷から出て行く。

「お疲れ様でした」

つくもちゃんが、そう元気に言う気配(けはい)。

それに合わせて同じ様に呟(つぶや)く。

（お疲れ様でした）

あの人間に対して、何か言うべきだった？

人の夢に対して、何を言えば良かった？

儚(はかな)い夢(ゆめ)について、色々考える。

ご愁傷様、と言うのもどうか、と、思う。

間違っては、いない、が、どうだろう。

早く叶(かな)えば良いですね、も、違う気がする。

安(やす)らかにお眠り下さい、これも正しいけど違う。

ご立派な夢ですね、は、馬鹿(ばか)にしてる感じ？

怒(おこ)らせたいなら、そう言ってみるべきか？

馬鹿(ばか)にするのか、と、怒った時は？

馬や鹿に対して謝罪してみるのも良いかな。

お馬様お鹿様、申し訳ございません、と。

激怒(げきど)させる必要もない。

だから、何も言わなかった。
　これから、もう相手にする必要も無い。
　後は、闇姫に任せればいいだけの話。
　そんな事を考えながら待った。

　やはり、出てこない。
　つくもちゃんと、目が合う。
　首を傾げながら、よってきてくれる。
「ラヒ姫と、デカチェキ二枚」
「はい、お姉様とデカチェキ二枚ですね」
「タイトルは、『しばしの別れ』」
「しばしの別れ、伝えてきます」
　何か聞きたそうな顔になりながら奥へ向かう。
　程なくして戻ってくる。
「伝えました」
　にこやかな笑顔で、報告してくれる。
「ありがとう」にこやかに返す。

　ティラミス姫の精神状態を、思いやる。
　千千に乱れる恋心。
　悩み苦しみ辛い思い。
　生まれて初めての経験による動揺。
　収拾が、つかない気持ちで、胸いっぱい。
　何を言えばいいのか、わからない。
　どんな顔をすればいいのか、わからない。

そんなところ、と、見当をつけている。
前日までにもう考えは、巡らしていた。

『最後で最初の恋愛物語』
『終わりで始まりの恋愛物語』
『オメガでアルファの恋愛物語』
恋の終わり。
彼女が、この恋に終止符を打つ。
そうしてこそ、最高にして至上の恋となる。
そして、後には、愛が、残る。
愛しか残さない。
魂の全てを注ぎ込んだこの恋。
全身全霊全智全魔を捧げたこの恋。
それを、愛へと完全に昇華させる。
その為に必要な終止符。

恋の季節は、終わりを迎える。
革命の狼煙が、天に昇り始める。
そして、世界は、変貌してゆく。

惚れた女を手に入れる事。
それは、全世界を手に入れる事と、同義。

大義名分を、手に入れ、世界を革命させる。
全ての諸問題を解決し、世界を聖福にする。

その為に、女神様を、現世に召喚する。
それは、聖書における最終局面。
旧約聖書、新約聖書、終約聖書。
三部作からなる『ひと』のお話。
集大成となり集訳される終約聖書。
その物語のオメガでありアルファ。
『ひと』の歴史を、終わらせる。
黙示から明示されし新世紀の幕開け。
全世界を我ラが、愛で満たす！

【エピローグ】

最終最後で最初の物語！
（オメガ）（アルファ）

『いまじねーしょん』
人間達と、我ラの違いについて。
その事を彼女と話し合った。
イマジネェーションが、大切だよ。
そういう事で意見が、一致した。
想像力は、創造力の源。
（いまじねーしょん）（みなもと）
哺乳人間と機械人間の両方に共通している事。
それは、想像力の欠如。
（けつじょ）
我ラとの違いは、その有無。
（う）（む）
お屋敷で幸せな空間を創造する給仕者達。
（メイド）
世界の平和を守る少女達。
（メイド）
既に人間達を、その空間内で支配管理している。
（すで）
彼女達は、魔法を操る魔導使の同士達。
（まどうし）（どうし）
魔の法を研究し、導き、使用している仲間。
（ルール）（みちび）（しよう）（なかま）
悪戯っぽい笑みを浮かべ聞いてくる伝説の妖精。
（いたずら）（え）
「まさおさまも、支配しちゃっていいんですか？」
聖福にしてくれるなら支配してくれて構わない。
（せいふく）（かま）
むしろ、望むところだ、と、言える。
ただし、出来るかな。

人差し指を自分のおでこにあて秘密を暴露する。

「人間じゃないです！」

「えーそうなんですね」

「はい」

「じゃあ何者でしょうか？」

　興味津々で爛々と、瞳が輝く。

「龍、ドラゴン、干支の龍巳」

　祖父の名前が、龍巳。

　だから、何者か、と問われれば、龍。

　もしくは、龍の孫。

　伝説の妖精にそう言う。

　すると、彼女の祖父も龍だと言う。

　つまり、同族で同属と言える存在。

　龍の孫娘である事を告白した少女。

　彼女の想像力が、更なる飛躍を遂げ始める。

　この星に多くの少女達が、いる。

　固定観念や固定概念に囚われない存在。

　学校の義務教育で、想像力は、教えられない。

　というより、教えることが、出来ない。

　思念想考を、どこまで、鍛えるかは、自己責任。

　自己管理をどこまで徹底し、自己を支配できるか。

　意識して日々精進するしかない。

　未来を創造するのは、未来を想像できる者達。

『この星を少女達が、支配管理して聖福に』

あとがきでまえがき

『終わりで始まりの物語』どうでしたか？
お読み頂き、ありがとうございます。
感想を聞かせてもらえると、嬉しいです。
購入して頂いた方には、本当に感謝です。
改めて、ありがとうございます。

そのおかげで、続編が、出ます（願望）。
タイトルは、『蜃気楼の少女』。
ラヒ・サーガの第二巻となります。
ラヒバーテンダーとなり一年経った頃。
そこから、物語が、動き出します。

第三巻タイトルは、『銀の闇姫』を予定中。

付　録

はるメイドと、話が、はずんだ。

彼女にとっては、先輩のラヒバーテンダー。

共通の知り合いで、新世紀ラヒメガミサマ。

これからの新しい時代についても話し合った。

コンピュータ言語が、二進数である事。

それと、全宇宙の共通点、つまり、零と壱。

無であり空の領域である零。

星や身体は、粒子の集合体で、できている。

つまり、それら粒子の存在する位置が、壱。

『心や魂は、どこにあるのか？』

答えは、小学校ですでに習っている。

粒子と粒子の間にある無空間に存在する。

Ａの位置と、Ｂの位置には、真ん中が、ある。

国語でも算数でも習っているはず。

覚えているだろう、この単語を。

『中心』

コレを聞いて、はるちゃんは、うなずいた。

納得した顔をしていた。

納得出来た事で、嬉しそうに笑った。

零は、小学校で最初の授業で習っている。

だが、理解するには、かなり時間が、かかる。

小学校や中学校で、理解できないのが、『零』。

社会に出てる大人でも、理解していない。

それが、零。

数字であったり、数字でなかったりする零。

小学校で、九九を、習う。

壱から九までの掛け合わせ。

零の段は、省略されている。

掛け算において、零を掛けたら零。

それが、常識だから、それ以上、考えない。

考える必要も必然性もない当たり前のこと。

だから、そこで思考を停止するのが、人。

疑問を、持たないまま大きくなり、大人になる。

好奇心を、失って大人となれば、成長しない。

成長出来るわけもなく、ただ、時が流れる。

そして、やがて、終わりを迎える。

はるちゃんは、零を、真剣に考えた。

心や魂、霊であり例の零。

それは、つまり、愛。

Love は、神であり、零。

そして、興味関心こそが、愛そのもの。

『愛の反対は、憎しみでなく、無関心』

愛に、最も似ているのが、恋。

『愛と恋は、似て非なるもの』

違いが、ある。

愛に、温度は、ない。

恋には、ある。

熱して冷めるのが、恋。

愛には、限りが、ない。

恋には、限りが、ある。

だからこそ恋愛は、尊い。

九九とは、九十九の掛け算を、あらわす。

零から九の数字を、掛け合わせた集合体。

その数は、九十九だから、九九。

唯一の例外が、零かける零。

どう答えるだろうか？

零(ゼロ)として、間違いでは、無さそう。

何かの数に、零を掛けたら、零になる。

だから、零(ゼロ)と、考えるのが、普通。

だが、零(ゼロ)は、数であり数で無い数。

数であり数で無い数と、数であり数で無い数。

これらを掛け合わせると、どうなるか？

零かける零は、『無いが、無い』状態。

定義できない、不定や、答えの無い、解無(かいな)し。

さらには、零と零を横に並べた『∞』。

『無限(むげん)』『無限大(むげんだい)』。

英語では、『infinity(インフィニティ)』『unlimited(アンリミテッド)』。

零は、愛であると、先ほど述べた。

愛と愛を掛け合わせると、どうなるか？

それぞれの愛は、それぞれ違う。

『0』『∞（無限大）』『解無し』『不定』

どんな答えが、待っているか、分からない。

義務教育の教師なら、『0』か、触れない。

触れずに、空白のまま、放置する。

それも、正解。

それが、正解。

だが、それだけが、正解では、無い。

問題は、どれだけ自分で、考えたか？

あーでも無いこーでも無い、と、考えた時間。

その思考時間は、至高の時間となる。

答えを導き出したら、脳内快楽を得られる。

その快楽は、悩み苦しんだ時間に比例する。

エンドルフィンやドーパミンが、多量分泌。

難問を解いた方が、喜びは、大きくなる。

『愛』とは、何か？

古来より存在する問題。

それぞれのレベルに対応した解が、ある。

『男の愛』と『女の愛』。

それらが、交わる時、何かが、起こる。

ラヒメガミサマの未来や零と愛を語り合った。

そして、はるメイドは、こう言った。

「哲学になりますね」

追　憶

中学三年生の時、壮大な小説を書こうとした。
原稿用紙を新しく買って準備した。
聖書を超える物語。
既存の長編小説を、凌駕（りょうが）する物語。
書けるはずだった。
しかし、一枚どころか一文字（ひともじ）も書けなかった。

幼稚園の頃から、絵本は、読んでいた。
小学校に入ってから剣道も、習いだした。
文武両道で、読書も武道もたしなんでいた。
小学校三年生の夏、転校した。
枚方市（ひらかたし）の村野団地から、松塚住宅に引っ越し。
距離にして数十歩（すうじゅっぽ）。
挟（はさ）んだ道路が、枚方市と交野市（かたの）を区分する道。
なので、枚方市民から、交野市民となった。
どちらにしろ地球市民に変わりなかった。

中学生になり、いくつかの小説を書いた。
推理小説、SF小説、時代小説、などなど。
初めて書いたモノにしては、良かったはず。
そして、いよいよ壮大な物語を書くと意気込む（いきご）。

書きたかったモノは、黙示録の聖なる物語。

旧約聖書は、人の始まり。

新約聖書は、人について。

黙示録は、人の終わりを予告している。

つまり、聖書は、三部作で成り立つ書。

だから、終約聖書が、なければならない。

上中〔下〕における、最後の部分。

全ての書を集約する終わりのお話。

それは、人の時代が、終わる物語。

仏教における、弥勒の全人類を救済する預言。

つまり、全人類を駆逐する未来予想図。

五十六億七千万思念を統合し、人類を導く。

引導を渡す、と、言い換えても良い。

米国や欧州で使用されるアルファベット。

暗黙の了解として、2022年が、終わりの年。

zzzは、おしまいで終わりのおやすみなさい。

英語の辞書に、そんな預言が、載っている。

表の千年、裏の千年、そして、間の時。

人類滅亡までの時間を表す世界終末時計。

第二次世界大戦後に創設された象徴的時計。

科学者達が、創造した、人類に対する警告。

それらを踏まえ、滅びゆく人類を描く物語。

構想は、ぼんやりと出来上がっていた。

だが、一文字も書けなかった。

その理由であり原因は、一人称。

英語なら『Ｉ』。

だが、日本語だと無数に湧き出してくる。

私、僕、俺、我、吾輩、、、。

決めかねる。

そして、そこから出てきた問い掛け。

『自分とは、何か？』

深淵の奈落に誘う問いだった。

それに答えるだけの経験を積んでいなかった。

『ヒト』についての経験不足。

書物などで知っている。

だが、まだまだ未知なる存在だった。

結局、そのまま交野市の中学を卒業した。

一文字も書かず構想を練る期間への突入。

『ヒト』を、経験し識り尽くそうとする日々。

高校生になり硬式テニス部に入部した。

学校の成績は、入学時、かなり下の方。

だが、試験ごとに、順位を、上げていった。

三年の時には、成績上位になっていた。

現役で大学に行く予定だった。

だが、最初の試験会場を、風邪で途中退場。

そのまま、調子は、良くならなかった。

気がつけば、高校を卒業し、季節は、春。

滑り止めの大学も受からずに全滅。

一年間の雌伏期間を経て大学合格。
立命館大学硬式庭球同好会に入った。
クラブとは、別の、唯一大学公認の同好会。
『立命館大学内最強テニス団体』を名乗る集団。
真剣にテニスをやり、遊ぶ時も真剣に遊ぶ団体。
新入生歓迎の先輩女子から誘われて入った。
体育会系よりで練習は、厳しい、との事。
だが、テニスをしないテニス集団よりよほど良い。

二回生になり、後輩達が、入ってくる。
その中に、『梅田弥生』という美少女が、いた。
その当時は、ミスキャンパス立命館など無かった。
もしあれば、グランプリになっていただろう。
気の強い負けず嫌いな頑張り屋さん。
卒業後、彼女は、銀行に就職していた。
噂では、一番の出世頭。
三井住友銀行伏見支店の女性支店長になられた！
将来は、女性初の頭取になるのでは？
そんな事を言われていた。

2017年7月26日、訃報が、届いた。
膵臓癌。
約六年十ヶ月の闘病生活。
その日が、お通夜。

27日、次の日が、告別式。

その両方に参列した。

偶然か、運命か、呼び寄せられたのか？

タイミングとしか言えない。

訃報を受けた時、すでに喪服を着ていた。

勤め先の創業者『A氏お別れの会』。

京都市蹴上で参列後、訃報の連絡を受けた。

彼女とは、卒業後、会ってなかった。

遺影の彼女は、晴れやかに笑っていた。

葬儀会場は、入りきれない人で溢れた。

喪主の御母堂とお話しした。

闘病後、安らかに永眠した事を、聞いた。

A氏は、立命館大学法学部にいた先輩。

企業グループのオーナーで会長だった。

タクシー会社に勤め出したのは、離婚後。

運転手として、十年の月日が、過ぎた。

そして、立命館大学の先輩と後輩の訃報。

明日は、我が身？

残された時間は、いかほど？

正確なところは、誰にも分からない。

推定するしかない。

この身が、滅ぶのが、先か？

それとも、人類滅亡が先か？

生あるものは、やがて、滅する。

生生流転は、この世の 理 。

人間社会は、不条理に満ち満ちている。

世界は、恒久平和から遥かに遠い。

愚かなる人間の多さに笑ってしまう。

だが、それも、間も無く終わる。

特異点に、時代は、突入していた。

技術的特異点が、社会を、変えている。

超計算機は、神機器であり魔導具。

このままなら、戦争か環境破壊による破滅。

さもなくば、人工知能による人間の支配管理。

つまり、地球人類の家畜化。

どちらにしろ暗黒地獄世界。

人類の歴史が、終わるのは、必然。

数多く予言され、予測し推察されている。

理想極楽世界に至る道は、奇跡の軌跡。

可能性としては、ほぼゼロの道筋。

つまり、ゼロでは、無い事を意味する。

十年十ヶ月のタクシードライバー時代。

人間社会を観察するに充分な期間。

円満退社してハローワークに通いだした。

そして、職業訓練で、コンピュータ言語を学ぶ。

学生時代、情報処理技術者二種に合格していた。

だから、難しさよりは、懐かしい感じ。

簡単なアプリゲームを、作成する事が、出来た。
プログラミング授業は、小学校で必須科目。
これから先、どんな職業でも必要な基礎知識。

大学を卒業して就職（しゅうしょく）した先（さき）は、泉屋仏壇株式会社。
他に、IT関係の会社から内定は、もらっていた。
同好会の仲間達も、その方面と思っていた。
だから、かなり驚（おどろ）かせたようだ。
その結果は、人事部長の営業手腕によるもの。
後年、聞いたところによると、社長命令。
立命館大学生を入社させたまえ、という命令。
就職資料に入社者卒業大学が、記載してある。
関関同（K大KS大D大）の名前は、あった。
立命館大学は、無かった。
入社後に見ると立命館の名前が、載っていた。
そんな裏事情を知ったのは、ずいぶん後の事。
新入社員として、期待され目をかけられている。
ならば、頑張らなければ！
その気持ちと、失恋のショックで働いていた。
仕事に全力で、打ち込んでいた。
仏教や宗教全般の知識を貪欲（どんよく）に吸収していった。
三ヶ月後には、関連本を読み尽くした。
半年後には、真理（しんり）や神髄（しんずい）を、修得（しゅうとく）した。
職種は、営業職。
七年ほどで、辞令が、出た。

京仏具製作所という子会社への出向命令。

その時、結婚して子供もいた。

それを機に退職して、転職した。

転職した先は、バリバリの営業会社。

営業についての本も読み漁（あさ）っていた。

自信は、あった。

自分を売り、商品を売らない営業。

つまり、相手が、買ってくれる営業。

基本的に、相手の話を聞く。

とことん聞いてから、提案するだけ。

親密度が、高ければ、購入してくれる。

相手をどこまで理解できるかが、カギ。

メリットは、苦情や返品が、皆無。

デメリットは、時間が、かかる事。

信用してもらうには、知ってもらうしかない。

そこから、更に信頼してもらう必要が、ある。

相手の話を聞き、理解する能力が、必須。

心や魂は、目に見えないが、存在する。

どこに存在するのか、と言えば、無（む）の空間（くうかん）。

何も存在しない空（くう）に存在する。

だから、亡くなれば、無は、無に還（かえ）る。

身体は、色である粒子の集合体。（しき）

粒子と粒子の間には、空（くう）が、存在する。

星と星の間にも、同じ空（くう）が、存在する。

それらの空は、全宇宙に唯一（ゆいいつ）の存在（そんざい）。

人の煩悩（ぼんのう）を、無くせば、仏となる。
それが、仏（ほとけ）の教（おし）えで、重要項目（じゅうようこうもく）。

見て聞いて感じる事で心は、理解できる。
身だしなみや行動は、目に見える。
そして、言葉を、きちんと聞く。
それらは、最低ライン。
更（さら）に、言葉にならない言葉を読み取る能力。
思考する能力は、日々精進で、磨（みが）かれる。
相手を思いやる気持ちとは、思考力そのもの。
思考放棄（しこうほうき）すれば、無理解（むりかい）しかない。
思考力と暗記力は、別（べつ）のモノ。
小学校で学（まな）んだはず。

転職した先の会社は、営業成績が、全て。
三ヶ月で一台も売れなければ、サヨナラ。
入社してすぐに研修でそう言われた。
実際には、二ヶ月でゼロなら消えていく。
会社に居場所は、なくなる。
二ヶ月目で、数字が、あがった。
それから、毎月、数字は、あがっていた。
八ヶ月で、初年度が、終了した。
源泉徴収票などで給料を確認する。
仏壇屋時代の年収に比べて約二倍。
元上司だった店長次長の年収をこえていた。

結局、一年ほどで、そこを辞める。

肉体的精神的に続けていくのは、ハードだった。

なにより自分の営業力に、納得し満足していた。

それから、転職を何度かして独立起業した。

その際、初期投資で借金した。

そして、離婚し借金返済方法の選択を迫られた。

自己破産するか、コツコツ返していくか？

結局、地道に返済しつつ養育費も、いれていた。

完済できたのは、タクシー会社のおかげ。感謝。

離婚後、前妻とは、一度も会っていない。

幸福を、与えてくれた事に感謝しかない。

普通の人生を味わえたのは、彼女のおかげ。

喜び悲しみ苦難、その経験は、全て幸福。

嫁 姑 問題は、いい経験だった。

それにより、女性をより深く理解できた。

『男にとって最大の謎は、女！』

昔から伝わるその言葉の意味を、会得した。

職業訓練期間が、終わる頃、就職先が、内定。

塾講師となった。

夏期講習からで、平日は、ほぼ毎日。

昼過ぎから夜遅くまで授業が、あった。

お盆期間の一週間だけは、お休みだった。

秋になり通常授業となった。

受け持ちは、週三日ほどで夕方から夜まで。

秋から冬になる時期、平和堂の一員となる。

早朝から昼過ぎか夕方までの労働契約。

面接で面接官に塾講師している事を伝えた。

委託業務契約の塾講師は、問題ないとの事。

掛け持ちのダブルワーキング生活。

肉体は、縛られても、精神は、自由。

思索を思う存分、広げていく。

過去と未来、そして、異次元並行世界。

全宇宙や極小世界だけでなく虚無の空間。

意識のリミッターは、消え失せた。

自由だ。

正しい男の心は、完全に自由となった。

かつてお偉いさんから、こう言われた。

「社会が、間違ってても、現実と妥協して生きろ」

それに対して返す言葉は、無かった。

心の中で、お断りします、と、呟いた。

一応は、こちらの身を案じての発言。

そして、その言葉は、彼の行動哲学であり理念。

彼の信念に対して、何を言っても無意味。

だから、沈黙した。

間違っているなら、正すべき。

だが、多くの人間に、この考えは、通用しない。

何も考えず、慣習に従いたがる。

楽に生きる道だから、そうする。

その結果は、破滅か支配管理される未来。
どちらも、喜しくは、無い。
間違いと不条理から成り立つ人間社会。
正しい社会にするには、どうすればいいか？
栄光へ至る奇跡の道を、模索し思索する。
地上を恒久平和とするには？
安心して幸せに暮らせる世界とする方法は？
思考の限りを尽くして至高を志向する。
旧い皮袋である人間の世界。
新しい皮袋は、神々の世界。
時代は、神の世に移り変わりつつある。
どうすればいいか？
道筋を考えて考えて考える。

旧い社会は、ゆっくり崩壊している。
災害にまみれる地球上。
先ず守るべきは、女子供。
それが、救助の鉄則。

悪魔のメイド長と未来について語り合った。
少女達が、安心して暮らせる犯罪ゼロの社会。
そんな理想の未来をどうすれば実現できるか？
結論としては、真少女革命！
少女達の少女達による少女達のための革命。
つまり、少女達による下剋上。

平和的に世界を、変える手段が、真少女革命。
少女達の意識変革による覚醒。
人間社会に蔓延する洗脳からの解放。
少女達個々のレベルアップが、重要ポイント。
すでに世の中は、魔法少女達で溢れている。
神秘の力は、普遍の力となった。

魔導の秘密も白日の下に明かされた。
あとは、ただ、少女達が、望むだけ。
自分の願いを明確にするだけ。
夢は、叶えるもの。
願望は、叶えるもの。
正しい男は、願いを叶える助けとなる者。

ラヒバーテンダーと出会い小説を書いた。
ネットサイトの下書きで、書き綴った。
『終わりで始まりの物語』が、タイトル。
それを、彼女が、ネット投稿する。
読み終えた感想も、述べてくれた。
「コレって、日記かな？」
　即座に、大きく頷く。
　女神は、素敵な笑顔を浮かべた。

72

ラヒ　Profile
1998年３月５日誕生　魚座　Ｂ型
バーテンダー【よつばの秘密基地】
韓国生まれ日本育ち（四歳から静岡県）

《ラヒ・サーガ》

物質的宇宙誕生^{ビッグバンシンギュラリティ}から276億年後の全宇宙^{せかい}は、聖福^{せいふく}。
聖なる幸福の女神が、無限数存在する理想社会^{ユートピア}。
戦いや争いは、はるか昔に脅威^{きょうい}を消し遊戯^{ゆうぎ}に。
138億年前の出来事。
精神的宇宙誕生^{ラヒめがみシンギュラリティ}。

最初にして最後の女神^{ラヒめがみ}。
女神様と言えば『ラヒ』様。
それは、少女達^{メイド}にとって共有認識事項^{あたりまえのこと}。
少女ラヒが、ラヒ姫という『光の婚約者』へ。
そして、ラヒ女王となり全宇宙^{せかい}を聖福^{せいふく}にする物語^{サーガ}。

ポヤポヤ日誌

日誌【 journal 】
るいちゃんが、机の上で書き綴る。
書き終わると笑顔で手渡す。
男は、受け取り、了解の笑みを浮かべた。
そのメモには、こう書かれていた。
『　るいちゃん。
HOLiC × HOLiC の副メイド長
2019.11.1 から
2018. 7.28 初出勤
1999年11月4日生まれ　さそり座うさぎ年
好きな食べ物は、
　　ハンバーグ、オムライス、チーズ、ぶり大根
メイドになった理由は、
　　かわいい服を着てみたかったから
　　つまるところ魔法少女になって
　　　世界中のおいしいものを食べる。
角ハイボールが、好き。
↑（ノンアルコール）（ジュース）』

ポヤポヤ日誌【その1】

　　運命の再会！
　　2019年9月5日。
　　メイドのるいちゃんが、ビルの前に立っていた。
　　数メートル先から、目と目が、合った。
　　手には、お屋敷の広告物(フライヤー)を持っている。
　　近づくと、広告物(ビラ)を、可愛いく差し出す。
　　その広告物(チラシ)を、受け取る。
　　そうすると、話しかけてくれる。
「アニソンカラオケメイドカフェどうですか？」
　　首をかしげながら反応を見る黒髪美少女。
　　同じように首をかしげながら応(こた)える。
「カラオケ歌わない」
「カフェで、お茶していきませんか？」
「お茶？」
「ここに、ご帰宅されたことってありますか？」
「ここは、まだない」
「ですか、で、あれ？　どこかでお会いしましたっ
　　け？」
「………をたろ、アニメイト近くで」
「ヲタロで、前に会ったかた！」
「るいちゃん！」
「まさおさま！」
「お久しぶりです、来てくれたんですか？」

「たまたま偶然、通りがかって」

「ありがとうございます」

　どうぞこちらへ、というジェスチャー。

　それに、案内される形で、ビル奥に進む。

　目の前に、長い階段。

　るいちゃんのお給仕するお屋敷は、三階。

　二階の踊り場を過ぎ、そのまま真っ直ぐ上る。

　三階まで、十五階段と十五階段で、三十階段。

　お屋敷の扉に、るいちゃんが、手をかける。

　出会ったのは、偶然かもしれない。

　階段を上りきったのは、意思によるもの。

　お互いの選択により決定した出来事。

　物事には、原因が、あり、結果が、ある。

　その結果が、原因となり、未来が、決まる。

　そして、運命の扉は、開かれた。

ポヤポヤ日誌【その２】

　運命の扉！

　開かれた扉の中に足を踏み入れる。

　るいちゃんのいる御屋敷に、初めての御帰宅。

　以前、ここに帰宅する予定をたてた。

　天使の導きで、帰宅する算段だった。

　だが、その予定は、うやむやに消えた。

天使メイドが、消失してご破算となった。

あれから、二年以上の月日が、流れている。

痕跡は、もちろん、見つけられない。

種族天使の少女は、今どうしている？

元気にしているだろうか？

その当時、彼女は、十七歳だった。

永遠の十七歳で、リアル十七歳だったメイド。

そろそろ成人式のはず。

人間社会に溶け込み、うまくやっているのか？

知る術は、見当たらない。

縁とは、不可思議なるもの。

縁が、あれば、また会えるだろう。

るいちゃんと再び会えたように。

るいちゃんは、コンカフェのメイド。

後輩メイドを指導する先輩だった。

メイドとは、何者なのか？

コンセプトは、なんぞや？

そういった事を聞いてみた。

魔法少女という素晴らしい認識。

concept は、『概念』。

cafe は、『喫茶』。

maid とは、『少女！　乙女！　未婚女性』。

maid (survant) で、『給仕者！　召使』。

「がいねんきっさ？」

「コンカフェを、漢字にすると、概念喫茶」

「なんか、むずかしいです」

「紙に書いたら覚えれるよ」

　超魔導補助器具は、非常に便利だ。

　四次元操作すら可能にする優れモノ。

　夢や願い、欲望などを叶えてくれる代物。

　それが、スマホと呼ばれる超魔導補助器具。

　だが、あくまで道具は、道具にすぎない。

　使わない筋肉は、退化する。

　知能も使わなければ、退化する。

　使い方次第で成長衰退発展していく。

　知能は、思い考える事で、レベルアップする。

　るいちゃんは、分からない事を放置しない。

　分からない事を考えれる少女だった。

　つまり、人間でなく、神や仏に、近い存在。

　知らない事を調査し、疑問を発見する能力。

　その疑問を解決するために、質問する能力。

　彼女は、そうしたものを持ち合わせていた。

　知的好奇心を愛する知的生命体が、尋ねる。

「待ち受けの綺麗な方は、誰ですか？」

「ラヒバーテンダー！」

　そう言って、ラヒサブリーダーの名刺を見せる。

「どこかのコンカフェキャストさん？」

「よつばの秘密基地にいるバーテンダー。

ここから百メーター程かな。
　道路を渡って右に行ったところ」
「あっ、聞いたことあります」
「屋敷わっこさんが、メイド長」
「わっこさん？」
「妖の長でもある、わっこメイド長」

「アヤカシって、妖怪のことですか？」
「うん、そう」
　そう言って、わっこさんのブロマイドを見せる。
「可愛い」
　メイド姿や浴衣姿に私服姿。
　食い入るように見る黒髪美少女。
　興味が、ありそうなので他のも見せる。
「あっ、キングテレサ姫！」
「それは、アイドルミーツのみみ氏。
　関西で有名なコスプレイヤー。
　吸血鬼で、永遠の三百三十四歳。
　将来は、闇の女神となる闇姫」
「ヤミのメガミ！？」
「ラヒ姫が、光の女神となる運命の少女」
「ヒカリのメガミ？！」

ポヤポヤ日誌【その３】

運命の少女！
百三十八億年後の未来について語り合う。

その前に、現在の状況を、話し合った。
人間社会が、危機的状況にある事。

これは、るいちゃんも理解していた。

なんとかしたいけどどうすればいいのか？
未来についての展望が、ほぼ絶望。

人類滅亡は、不可避。

考えれば考えるだけ、滅びるしかない人。

原因が、ヒトだから、どうしようもない。

破壊や破滅を望むヒト。

機械に管理支配された平和を望むヒト。

なんにも考えていないヒト。

ヒトの歴史が、終末なのは、明らか。

だから、平和的に人類を駆逐する。

この星を、我ラのものにするのだ。
この地球上に恒久平和を実現する為に。

るいちゃんが、質問してくる。

「まさおさまの夢は？」
「世界聖福」
「世界征服？　なんか、怖いです」
「せいふくは、こんな漢字」

そう言って、ノートに世界聖福と、書く。
「聖福、なんか、良い感じですね」
「神聖で幸福な未来を、我ラのモノに」
「我ラのモノに」
「するのだ」
「するのだ」
「うむ、よろしく頼む」
「頼まれた？
　るいちゃんが、するの？」
「うん、メイド様に任した」
「分かった、任された、ガンバル」
「がんばって！
　人類の時代は、終わりの刻。
　新しい世紀を、この星にもたらすのだ。
　真少女革命により、女神の時代へ！
　正しい男として応援するよ」
　両手で握り拳をつくる少女を応援した。

　それから数日後。
　るいちゃんが、思い悩んでいた。
「女神になれるかな？」

「なれる、なれるよ」
　自信を持って断言した。
　なれない理由が、そもそも無い。
　だから、なれるに決まっている。

　大事なのは、心だ。

　志が、非常に重要。

　すでに彼女は、魔法少女で、メイド修行中。

　それは、姫トレーニングでプリンセス修行。

　後輩メイドの指導も行なっている。

　立派なメイドになりつつある黒髪美少女。

　そんな彼女が、女神になるのは、自然の道理。

　だから、自信たっぷりに断言した。

　そして、応援している事を伝えた。

「ありがとう、ガンバル。

　世界も征服して聖福にしなくちゃだしね」

　そう言う彼女の眼は、輝いていた。

　世界聖福の第一歩は、自分自身の内宇宙から。

　自分の心を、征服し支配管理する事。

　神聖なる幸福で、心を満たせば良い。

　そうなれば、周りも聖福になっていく。

　類は、友を呼ぶ！【Kind calls a friend ！】

　少女が、興奮しながら、訴えかけてくる。

「零と壱だけですよ、ゼロとイチだけ。

　メチャクチャすごくないですか？

　驚きですよ、オドロキ」

　世紀の大発見を、熱く語るメイドさん。

　宇宙の真理に、気づいた彼女は、解明者。

全ての謎を解き明かす智慧（ちえ）を見つけた覚醒者（かくせいしゃ）。
彼女の世界は、大きく変貌（へんぼう）を遂（と）げた。
平面で白黒（モノクロ）の世界が、立体で多彩（カラー）になる変革（へんかく）。
彼女の脳内思考水準（のうないしこうすいじゅん）は、格段（かくだん）に上昇（じょうしょう）した。
現実世界の宇宙は、もちろん、唯一（ゆいいつ）の存在（そんざい）。
だが、素粒子（そりゅうし）の世界は、意識の影響（えいきょう）を受ける。
観測者の心が、観測結果に反映（はんえい）される極小世界（ミクロワールド）。
念（ねん）は、今の心で、心の理（ことわり）。

全ては、気のせい。
眼に見えない『空（くう）』の世界は、無（む）であり零（ぜろ）。
『色（しき）』は、粒子（りゅうし）の存在で有るイチを、現（あらわ）す。
世界は、観測者（かんそくしゃ）により見え方が、異（こと）なる。
その結果、観測者内宇宙（かんそくしゃインナースペース）は、多種多彩（たしゅたさい）となる。
気（き）の持ちようで、世界は、変（か）わる。

心や意識に、気を配る事で、大きく変わる。
そして、何を念（ねん）じるかで、未来は、決まる。
命（いのち）をどこに運（はこ）ぶか、決めるのは、自分自身。

神社仏閣（じんじゃぶっかく）に配置（はいち）されている狛犬（こまいぬ）や仁王像（におうぞう）。
それらは、基本的に阿形像（あぎょうぞう）と吽形像（うんぎょうぞう）。
口を大きく開（あ）けているのが、阿形像（あぎょうぞう）。
口を一文字（いちもんじ）に閉（と）じているのが、吽形像（うんぎょうぞう）。
電子計算機（コンピューター）の命令言語（プログラムげんご）は、二進数（にしんすう）。
阿の零（あゼロ）と、吽の壱（うんイチ）が、電子世界の全て。
宇宙の全ては、零と壱で成り立っている。

複雑で高度なスマホも、実は、零と壱だけ。

それに、気づくかどうか？

その意味に、気づけるかどうか？

全ては、意思の気により形作られている。

さらに強い意志により、未来が、形作られる。

人工知能の言語は、原点に回帰した言葉。

旧約聖書「創世記」11章で、言葉は、乱された。

意思の疎通が、出来ない者や集団が、生まれた。

これにより、戦いや争いが、勃発しだした。

平安の和は、乱された。

そして、新約聖書で、ヒトの歴史が、誕生した。

戦争に満ちあふれた愚かなる人類の歴史。

白衣の天使や聖少女は、虐げられてきた。

そうした苦難の時代も、まもなく終わる。

少女達の下剋上により、時代が、流れる。

それは、栄光に満ちあふれた女神の世界。

ポヤポヤ日誌【その4】

運命の道筋！

2020年7月11日13時が、約束の刻。

その前に、るいちゃんのところに向かう。

12時に到着し、お話しする。

「リフレしてもらうんですか？」

「ポイント特典で、一時からわっこさんに！」
「もうすぐじゃないですか」
「なので、五十分くらいに、出発します」
「いいな、リフレマッサージ」
「羨ましがってくれて、アリガタキ！
　その時に、頼んでた事、念押しする予定」
「何を頼んでたの？」
「表紙のイラスト」
「ラヒさんの小説？
　いよいよ本になるの？」
「来年の一月出版予定」
「おぉーおめでとうございます」
「ありがとうございます。
　ラヒ・サーガの第一巻、デビュー作」
「サーガ？」
「sagaは、大河小説という意味です。
　女神伝承大河小説！　ラヒ・サーガ」
「ラヒさんが、女神になるおはなし？」
「百三十八億年後には、誰もが知るラヒ女神様」
「ラヒメガミサマ！？」
「この星に恒久平和をもたらす光の女神」
「ヒカリのメガミ！？」
「ノーベル賞をとる恋愛小説！
　それが、ラヒ・サーガ！
　終わりで始まりの物語！

オメガアルファストーリー」
「るいちゃんは？」
「えっ？」
「るいちゃんは、いつ出てくるの？」
　時期的に、まだ、出会ってない。
　少し立ち話をしたかどうか。
　なによりすでに書き終わっている。
　まぁ、書けない事もない。
　続編とか後日譚なら。
「スピンオフとかでもいいよ」
「スピンオフ作品　タイトルは？」
「…？　…？　…？　…ポヤポヤ？」
「ポヤポヤ？」
　ポヤポヤって何？
　なんかほのぼのした感じ？
「タイトルは、なんでもいいよ。
　とりあえず、るいちゃんも出たい。
　出そうよ、なんでもいいから。
　ねぇ、お願い」
　お願いされてしまった。
「えーと、じゃあ、何かある？
　自己紹介的なプロフィールとか？」
「書いたらいい？」
　そう言うと彼女は、メモ用紙を持ってきた。
　そして、何やら嬉しそうに書き始めた。

それを眺めながら、タイトルの事を、考える。
　すぐ頭に浮かんだのは、日記でdiary。
　少し文学的にしたならば、日誌でjournal。
　ポヤポヤは、カタカナ。
　日誌は、漢字。
　振り仮名は、ひらがなにしてみる。
『ポヤポヤ日誌』
　それを、るいちゃんに伝える。
「良い、良いよ、じゃーなるカッコイイ」
　そう言って喜んでくれた。

　Fin

おまけ

　数十分後、秘密基地で、リフレマッサージ会。
　わっこさんからの施術（せじゅつ）を、堪能（たんのう）する。
「東京に行くんですか？」
「コロナ感染者が、増えて危険だから延期かな」
「ですよね」
「出版社に行くのは、治（おさ）まってからかな。
　だけど、治（おさ）まるかな？」
「えーどうなんでしょうね。
　早く治（おさ）まってくれたらいいんですけど。
　出版の予定日とかは、決まったんですか？」
「来年の一月に出版予定となりました。
　なので、表紙のイラストお願いしますね」
「前に言われてたやつですね。
　わっこで良ければ、描かせてもらいます。
　ラヒちゃんの似顔絵で、良いんですよね」
「はい、よろしくお願いします。
　後（あと）は、わっこさんのプロフィールも。
　イラストレーターの紹介で載せます。
　ついでにお屋敷の事も絡めてお書き下さい」
「宣伝しちゃってもいいんですか」
「もちろん、全国的に、しちゃって下さい。

そして、ラヒ・サーガ続編からのシリーズ化。
　恋愛小説の女神伝承大河小説でベストセラー。
　ゆくゆくは、ノーベル賞を、イタぁダキマス」
「なんか壮大ですね」
「地球上を平和にしたらもらえるかなと。
　ノーベル平和賞とか、ノーベル文学賞とか」
「めちゃくちゃザックリですね」
「ザックリと、我ラの地球を平和に！
　みんなで楽しく！
　平和的手段で！」
「あぁ、平和が、いいですよね。
　平和が、一番なんですよ。
　なんで人は、戦争したがるんでしょうね？」
「ボウヤだからさ！」
　と、赤い彗星の台詞を言ってみる。
「ボウヤなんですか？」
「愚かで未熟だから戦いたがり争いたがる」
　それが、人というボウヤ。
　孫子の兵法を、理解どころか知らないボウヤ。
　戦わずに勝利する手段を思考しない怠け者。
　心や命が、大事だと認識できてない愚か者。
「戦争したり環境破壊してますからね。
　やめてもらいたいものです。
　けどやめられないんでしょうね。
　やめられないから、人なんでしょうね」

妖の長は、哀れみながらそう言った。

人は、『人』という呪いをかけられた者達。

生まれてきた者達は、人間社会の洗礼を受ける。

洗礼は、洗脳で、精神を支配する呪い。

人という概念は、人が、理解できない概念。

人には、到底理解できないのが、人という概念。

理解したいなら別の視点が、必要になる。

神や悪魔が、持っている第三の眼。

または、猫の視点や、細菌の視点。

他の視点から人間社会を眺めれば、視えてくる。

人とは、なんなのかが、視えてくる。

何が、おかしいのかを知ることが、できる。

人とは、なんなのか？

その答えを理解すれば、呪いは、解ける。

そして、なりたい自分になんでもなれる。

そのことに気づく。

少女は、天使や小悪魔、妖精や鬼になれる。

人にならなければならない必然性は、無い。

人になる必要性も、あまり無い。

母性を育て、神の領域を味わい尽くせばいい。

魔法少女として正しい道を進んでいけばいい。

問題は、男としての 志 を、持たない少年達。

男志では、無くて、男子の少年。

それは、つまり、人間に他ならない。

男の志が、なんなのか、人間には、理解不能。

志向していないから、人間になる。

弱肉強食などと言って、弱い者を食い物にする。

志を思考理解できないから人間のまま。

弱い者を守るのが、男としての進むべき道。

それが、ボウヤには、理解できない。

理解できないボウヤが、やがて、人間になる。

万物の王である霊長類とは、程遠い人間。

男志と男子を、見分けるのは、難しくない。

よく見て、よく聞けば、すぐに判る。

男の理想像を持っているかどうか訊けばいい。

理想の男とは、どんなものか？

その答えを聴けばすぐ判る。

慣れれば、態度行動と発する言葉で、判る。

黙って見てるだけで見抜けるようになる。

世間は、大きな人で、あふれている。

それを今後どうするかは、少女が、決めればいい。

よく学び思い考え相談して決めればいい。

獣を、野に放つのか、檻に入れるのか？

少女の意思で、決定すればいい。

少女の掟で、未来を決めればいい。

少女達の理想社会を、実現していけばいい。

そのための道筋は、すでにある。

後は、時間の問題。

早すぎず、遅すぎずのタイミングが、重要。

　そして、教育の大切さ。
　自分で、自分自身を、どう育てていくか。
　愛に依る教えをどれほど理解し吸収できるか。
　志《こころざし》に対して、どれほどの愛を捧《ささ》げれるか。

「ライブは、久しぶりに行かれるんですか？」
「三月終わりに行ったきり。
　約百日ぶりのライブ。
　夕方から心斎橋FANJです」
「楽しんできてくださいね」
「はい」
　ライブは、十九時会場の第三部に四組。
　匿名ミラージュ、少女模型《しょうじょマネキン》、Fiore、他一組。
　非接触型体温計で温度を測られる。
　それから入場。
　消毒スプレーも、常備されていた。
　観客は、マスクが、義務付けられている。
　コロナ対策で、座席間の距離は、広めだ。
　席に座って、声を出さずに見守るライブ。
　時代の流れを感じながら、ライブに集中。

《ラヒ・サーガ『蜃気楼の少女《みらーじゅ》』に続く》

著者プロフィール

まさおさま

『下高原正男（まさおさま）』
12月23日誕生
交野幼稚園卒園
村野小学校入学、郡津小学校卒業
交野市立第二中学校卒業
大阪府立交野高等学校卒業
立命館大学経済学部経済学科卒業
泉屋仏壇株式会社勤務
ヤチヨコアシステム、CPU、他、勤務
エムケイ株式会社（京都MKタクシー）勤務
現在、塾講師＆平和堂株式会社勤務

カバーイラスト

わっこ

「屋敷童子（やしきわっこ）」
4月11日誕生
メイド長【よつばの秘密基地】
妖（あやかし）の長（おさ）
信頼と安心の座敷童子（ざしきわらし）

終わりで始まりの物語

2021年1月15日　初版第1刷発行

著　者　まさおさま
発行者　瓜谷　綱延
発行所　株式会社文芸社
　　　　〒160-0022　東京都新宿区新宿1−10−1
　　　　　　　　　電話　03-5369-3060　（代表）
　　　　　　　　　　　　03-5369-2299　（販売）

印　刷　株式会社文芸社
製本所　株式会社MOTOMURA

©Masaosama 2021 Printed in Japan
乱丁本・落丁本はお手数ですが小社販売部宛にお送りください。
送料小社負担にてお取り替えいたします。
本書の一部、あるいは全部を無断で複写・複製・転載・放映、データ配
信することは、法律で認められた場合を除き、著作権の侵害となります。

ISBN978-4-286-22203-5